Enfance

FichesdeLecture.com

Enfance
(Fiche de lecture)

I. INTRODUCTION

Le comte Lev Nikolaïevitch Tolstoï est en 1828 à lasnaïa Poliana en Russie et mort en 1910. C'est un des écrivains majeurs de la littérature russe, surtout connu ses grandes œuvres, *Guerre et Paix*, 1869 qui est une reconstitution historique et réaliste des guerres napoléoniennes en Russie.

Dans *Enfance*, le narrateur, Nikolenka Irtenev est le sosie de l'auteur. Cette autobiographie romancée, « Detstvo » paraît en 1852. Tolstoï situe la fin de son enfance en 1842. Il écrivit cette œuvre à Tiflis en décembre 1851 et la transmit au journaliste Nikolaï Alekseïevitch Nekrassov qui le publia dans sa revue Le *contemporain*. La nouvelle connaît un vif succès, rendant Tolstoï célèbre.

Entre 1852 et 1857 sont publiées les trois nouvelles autobiographiques, *Enfance, Adolescence* et *Jeunesse*.

II. RÉSUMÉ DU ROMAN

L'histoire commence dans les années 1930, pendant l'enfance de l'auteur en Russie. Nicolas, le narrateur est un jeune garçon qui vit à la campagne en Russie, avec sa famille et des domestiques. Il y a aussi Volodia, son frère.

Nicolas s'occupe en allant à la chasse, fait des jeux et des rencontres, il mène une vie heureuse : « *Nous grandissions entourés de tous côtés par un solide rempart de gouvernantes anglaises et de précepteurs, et dans ces conditions, il était facile à nos parents de suivre chacun de nos pas et d'orienter notre vie à leur guise, [...] d'autant plus qu'ils avaient des vues identiques sur notre éducation...* ».

Trois jours après le dixième anniversaire de sa naissance, celui où il reçut de beaux cadeaux, « *le gouverneur Karl Ivanovitch me réveilla d'un grand coup de chasse-mouches, et si gauchement qu'il faillit faire tomber*

*la petite icône suspendue à la tête de mon lit. La mouche, tuée, certes,
me tomba sur la face.* » Il faut préciser que gouverneur signifie précepteur. Suite au décès de leur père, Nicolas et Volodia partent pour Moscou, chez la Babouchka.

Il nous raconte aussi son premier amour lors de la Mazurka. L'auteur nous montre l'univers spirituel de l'enfant, ses émotions, le processus d'apprentissage qu'il suit puis son développement moral. La personnalité de l'enfant est très importante.

Pour lui, la liberté était « l'unique critère de la pédagogie ». Ce jugement le fit comparer à Jean-Jacques Rousseau et aux représentants du mouvement de « l'éducation libre », de « l'éducation nouvelle » et autres tendances.

Selon l'auteur l'enfant constitue, par nature, un être parfait et innocent auquel il ne faut pas contrarier son libre développement. Le développement de l'enfant est un processus qui permettrait l'épanouissement spontané de ses qualités. C'est pour cela que l'influence de l'enseignant doit être très faible, comparable au rôle d'un guide. Il ne doit pas agir de façon « contraignante »sur la formation des idées de ses élèves.

Beaucoup y ont vu des similitudes avec les préceptes de Rousseau. En Russie, certains de ses partisans les plus acharnés exigeaient notamment que l'enfant jouisse d'une liberté telle qu'il puisse choisir ses parents.

III. PRÉSENTATION DE L'AUTEUR

Léon Tolstoï naît en 1828 à Iasnaïa Poliana, c'est le fils de Marie Sergueievna Volkonsky mariée à Nicolas Ilitch Tolstoï. Il passe les premières années de sa vie avec son père, qui s'était retiré de la carrière militaire, ses frères, Nicolas, Serge, Dimitri, et sa sœur, Marie. Sa mère meurt lorsqu'il a deux ans. Sept ans plus tard, le comte Tolstoï mourut à son tour. Jusqu'à huit ans et demi, Léon ne connut que la campagne à Iasnaïa Poliana, la famille et les petits paysans. Il apprit l'arithmétique, ainsi que, partiellement, le français, l'allemand et le russe.

Leur grand-mère maternelle les recueillit. Après la mort de cette dernière, son éducation fut confiée à plusieurs de ses tantes paternelles et des précepteurs étrangers.

En 1844, à seize ans, il s'inscrit à la faculté des langues orientales dépendant de l'université de Kazan pour devenir diplomate. Mais il s'ennuie et se dirige vers le droit. C'est à partir de ce moment qu'il constata que l'enseignement reçu ne l'intéressait pas, seules ses lectures personnelles l'instruisaient.

Il commença un journal personnel accompagné d'un recueil de règles de conduite qu'il s'imposait quotidiennement. Ses sentiments et ses frustrations l'emportèrent sur ce désir de perfection : « *Je suis laid, gauche, malpropre et sans vernis mondain. Je suis irritable, désagréable pour les autres, prétentieux, intolérant et timide comme un enfant. Je suis ignorant. Ce que je sais, je l'ai appris par-ci, par-là, sans suite et encore si peu ! [...] Mais il y a une chose que j'aime plus que le bien : c'est la gloire. Je suis si ambitieux que s'il me fallait choisir entre la gloire et la vertu, je crois bien que je choisirais la première.* »

Indiscipliné et en révolte contre l'enseignement, inutile à ses yeux, il perd foi et accorde plus de temps aux bals, aux concerts, aux spectacles, aux beuveries d'étudiants et aux liaisons faciles et changeantes qu'à ses cours. Il n'obtient aucun diplôme. Mais il découvrit Rousseau, « prophète du cœur » à qui il voue une certaine admiration : « *Vos grands maîtres du XVIIIe siècle, Voltaire, Diderot, Rousseau, ont écrit tant de fortes pages, belles, utiles pour chacun, morales !... On n'a pas rendu justice à Rousseau ; on l'a calomnié de toutes les manières. J'ai lu tout Rousseau, les vingt volumes, y compris le "Dictionnaire de musique" : à quinze ans, je portais au cou son portrait en médaillon, comme une image sainte... Telles pages de lui me vont au cœur ; je crois que je les aurais écrites...* »

Avec persévérance et lucidité, il tenta de s'analyser. Il quitte l'université en 1847, il retourne vers les travaux des champs et la bienfaisance. Mais il se tourne ensuite vers une vie décousue de Toula à Moscou, rythmée par le jeu et l'alcool. Puis il s'engage dans l'armée, rejoignant son frère, Nicolas

D'après ses notes autobiographiques, Tolstoï situe la fin de son enfance en 1842.

IV. AXES DE LECTURE

L'origine de la pensée de l'auteur

Ce récit autobiographique fait partie des premières œuvres de l'auteur, il y présente son enfance, fils de riches propriétaires terriens. Mais très jeune il prend conscience qu'il y a une séparation entre lui et ses camarades de jeu paysans.

À partir de 1883, il rejette ses récits autobiographiques, qu'il considère trop sentimentaux. Il prend la décision de vivre comme un paysan et se débarrasse de ses possessions matérielles. Il finit par mener une existence simple et spirituelle.

Il découvre l'absurdité de la vie, en devant faire face à plusieurs décès dans sa famille. Il décide ne pas rentrer dans l'hypocrisie des relations sociales. Pour lui, le sentiment moral est ce qu'il y a de véritablement divin.

Par ailleurs, il rejette l'État et l'Église. Il conçoit notamment « l'art véritable » comme étranger à la recherche du plaisir purement esthétique : l'art est un moyen de communication des émotions et d'union entre les hommes. Aussi critique-t-il l'art pour l'art, la beauté bourgeoise inaccessible aux gens simples.

En mars 1847, à l'âge de dix-neuf ans, il commença à tenir un journal intime. Il le considère comme outil de perfectionnement moral. Au début, c'est un jeune homme endetté et paresseux, qui mène une vie dissipée, mais il décide de dominer ses passions. Il commence à y noter les actes qu'il se reproche. Avec persévérance et lucidité, il s'analyse pour tenter de lutter contre ses mauvais penchants. Il se propose chaque jour un emploi du temps pour la journée du lendemain. Mais la passion du jeu, la paresse, la vanité et les appétits charnels ont raison de ses résolutions.

À travers ce journal, on y décèle la naissance du romancier et comment la littérature prit une place de plus en plus grande dans sa vie. Il est très attentif aux préoccupations morales et désire se perfectionner.

La pédagogie chère à l'auteur

L'univers de l'enfant est différent du monde de l'adulte. C'est à partir du XVIIIe siècle, notamment avec Rousseau, que l'enfant a commencé à être considéré comme un être humain ayant des besoins différents de ceux que voudraient les adultes.

L'auteur écrit *Enfance* très jeune, il y aborde le monde de l'enfance, puisque celui-ci lui était alors encore familier. L'observation du comportement de l'enfant par l'écrivain lui a appris que l'éducation était loin d'être une chose facile. Il commença à consulter les ouvrages spécialisés et à interroger des éducateurs.

En 1857, Tolstoï voyage en Europe, il passe par l'Allemagne, la France et la Suisse. Il y étudie les méthodes d'enseignement et à son retour il entreprend d'élargir son activité d'enseignant, surtout de 1859 à 1862. De son propre aveu, ce furent « *trois années de passion pour cette cause* ».

Les thèses de Tolstoï ont permis un certain développement du système scolaire et de la pensée pédagogique. La liberté de l'école et de l'enseignement occupait une place centrale dans les conceptions pédagogiques de Tolstoï.

Très tôt Tolstoï a voulu améliorer l'éducation du peuple. Dans *Enfance* il décrit le processus de formation du caractère de l'homme, depuis la petite enfance, moment de l'apparition de la vie morale jusqu'à la jeunesse.

« Agir sur cette classe de la population simple, réceptive et innocente, la délivrer de la pauvreté, lui procurer le bien-être social et l'éducation dont, par bonheur, je bénéficie, corriger ses vices nés de l'ignorance et de la superstition, développer son sens moral et l'amener à aimer ce qui est bon... quel avenir radieux ».

Le bonheur individuel est inséparable du bien-être d'autrui, cependant la classe la plus nombreuse de la population, la paysannerie vit dans la misère et l'ignorance. Cette carence nuit au bien-être de la société et du bien-être individuel.

Comme le héros de son récit, Tolstoï, alors âgé de vingt et un ans, ouvre une école dans sa propriété de famille, à Iasnaïa Poliana, et entreprend de s'occuper de l'éducation des enfants des paysans. Cette première expérience fut de courte durée, il s'engage dans l'armée.

À son retour à Iasnaïa Poliana il renoue avec ses activités éducatives, mais cette fois avec un plus grand nombre d'enfants de paysans : *« Il ne s'agit pas pour nous de nous instruire, mais bien plutôt d'apprendre à ces enfants au moins un peu de ce que nous savons ».*

À cette époque, l'élite intellectuelle démocrate de Russie s'intéresse à l'éducation du peuple pour préparer une réforme scolaire. Les projets ministériels faisaient l'objet de vifs débats au sein d'une opinion publique plutôt méfiante vis-à-vis de la politique du gouvernement tsariste dans le domaine de l'instruction publique.

Pour l'auteur les fonctionnaires de l'éducation sont incapables d'établir un système adressé au peuple : *« Pour que l'instruction publique puisse fonctionner, il faut qu'elle soit confiée à la société ».* Il veut alors : *« diffuser l'éducation dans le peuple, publier une revue pédagogique, fonder des écoles là où il n'y en a pas et où le besoin s'en fait sentir, mettre au point le contenu de l'enseignement, assurer la formation des maîtres, doter les écoles des ressources matérielles nécessaires, contribuer à une gestion démocratique du système scolaire... »*

Après l'enfance

Enfance se conclut sur un décès qui sort Nikolenka de l'enfance innocente. L'intérêt de ces récits se situe dans l'analyse psychologique de l'âme du personnage, qui nous renseigne sur la personnalité de Tolstoï. Dans *Adolescence* il nous parle de sa timidité, sa découverte des jeunes filles et sa recherche du sentiment amoureux.

Dans *Jeunesse* il aborde son entrée à l'université : « *Je me rappelle surtout que pendant toute la soirée je sentis constamment que j'agissais très sottement en faisant semblant de m'amuser beaucoup, d'aimer boire beaucoup, de ne pas penser un instant que j'étais ivre, et sentis constamment que les autres aussi agissaient très sottement en jouant la même comédie. Il me semblait que chacun séparément se sentait mal à son aise, comme moi, mais que, supposant qu'il était seul à éprouver ce sentiment pénible, chacun s'estimait obligé de feindre la gaieté, pour ne pas troubler l'allégresse générale.* »

À l'origine, Tolstoï pensait écrire une tétralogie en donnant une suite à *Jeunesse*, mais il n'a pas terminé ce troisième volet. Certains considèrent *Anna Karénine* comme une suite potentielle puisque les interrogations de Lévine, tournent autour de la quête existentielle et spirituelle. L'homme adulte, n'a pas été écrit mais on la retrouve à travers d'autres œuvres tels que *Les cosaques* et *La matinée d'un propriétaire* dans lequel le héros abandonne l'université sans avoir fini ses études à l'instar de l'auteur.

À la fin de sa vie, Tolstoï devient une sorte de maître à penser prônant une vie simple et morale et combattant les institutions oppressives et les formes de violence : il a eu de ce fait une grande influence sur des personnalités comme le Mahatma Gandhi, Romain Rolland et bien d'autres.

Dans la même collection en numérique

Les Misérables
Le messager d'Athènes
Candide
L'Etranger
Rhinocéros
Antigone
Le père Goriot
La Peste
Balzac et la petite tailleuse chinoise
Le Roi Arthur
L'Avare
Pierre et Jean
L'Homme qui a séduit le soleil
Alcools
L'Affaire Caïus
La gloire de mon père
L'Ordinatueur
Le médecin malgré lui
La rivière à l'envers - Tomek
Le Journal d'Anne Frank
Le monde perdu
Le royaume de Kensuké
Un Sac De Billes
Baby-sitter blues
Le fantôme de maître Guillemin
Trois contes
Kamo, l'agence Babel
Le Garçon en pyjama rayé
Les Contemplations

Escadrille 80

Inconnu à cette adresse

La controverse de Valladolid

Les Vilains petits canards

Une partie de campagne

Cahier d'un retour au pays natal

Dora Bruder

L'Enfant et la rivière

Moderato Cantabile

Alice au pays des merveilles

Le faucon déniché

Une vie

Chronique des Indiens Guayaki

Je voudrais que quelqu'un m'attende quelque part

La nuit de Valognes

Œdipe

Disparition Programmée

Education européenne

L'auberge rouge

L'Illiade

Le voyage de Monsieur Perrichon

Lucrèce Borgia

Paul et Virginie

Ursule Mirouët

Discours sur les fondements de l'inégalité

L'adversaire

La petite Fadette

La prochaine fois

Le blé en herbe

Le Mystère de la Chambre Jaune

Les Hauts des Hurlevent

Les perses

Mondo et autres histoires

Vingt mille lieues sous les mers

99 francs

Arria Marcella

Chante Luna

Emile, ou de l'éducation
Histoires extraordinaires
L'homme invisible
La bibliothécaire
La cicatrice
La croix des pauvres
La fille du capitaine
Le Crime de l'Orient-Express
Le Faucon malté
Le hussard sur le toit
Le Livre dont vous êtes la victime
Les cinq écus de Bretagne
No pasarán, le jeu
Quand j'avais cinq ans je m'ai tué
Si tu veux être mon amie
Tristan et Iseult
Une bouteille dans la mer de Gaza
Cent ans de solitude
Contes à l'envers
Contes et nouvelles en vers
Dalva
Jean de Florette
L'homme qui voulait être heureux
L'île mystérieuse
La Dame aux camélias
La petite sirène
La planète des singes
La Religieuse
1984 A l'Ouest rien de nouveau
Aliocha
Andromaque
Au bonheur des dames
Bel ami
Bérénice
Caligula
Cannibale
Carmen

Chronique d'une mort annoncée

Contes des frères Grimm

Cyrano de Bergerac

Des souris et des hommes

Deux ans de vacances

Dom Juan

Electre

En attendant Godot

Enfance

Eugénie Grandet

Fahrenheit 451

Fin de partie

Frankenstein

Gargantua

Germinal

Hamlet

Horace

Huis Clos

Jacques le fataliste

Jane Eyre

Knock

L'homme qui rit

La Bête humaine

La Cantatrice Chauve

La chartreuse de Parme

La cousine Bette

La Curée

La Farce de Maitre Pathelin

La ferme des animaux

La guerre de Troie n'aura pas lieu

La leçon

La Machine Infernale

La métamorphose

La mort du roi Tsongor

La nuit des temps

La nuit du renard

La Parure

La peau de chagrin

La Petite Fille de Monsieur Linh

La Photo qui tue

La Plage d'Ostende

La princesse de Clèves

La promesse de l'aube

La Vénus d'Ille

La vie devant soi

L'alchimiste

L'Amant

L'Ami retrouvé

L'appel de la forêt

L'assassin habite au 21

L'assommoir

L'attentat

L'attrape-coeurs

Le Bal

Le Barbier de Séville

Le Bourgeois Gentilhomme

Le Capitaine Fracasse

Le chat noir

Le chien des Baskerville

Le Cid

Le Colonel Chabert

Le Comte de Monte-Cristo

Le dernier jour d'un condamné

Le diable au corps

Le Grand Meaulnes

Le Grand Troupeau

Le Horla

Le jeu de l'amour et du hasard

Le Joueur d'échecs

Le Lion

Le liseur

Le malade imaginaire

Le Mariage de Figaro

Le meilleur des mondes

Le Monde comme il va

Le Parfum

Le Passeur

Le Petit Prince

Le pianiste

Le Prince

Le Roman de la momie

Le Roman de Renart

Le Rouge et le Noir

Le Soleil des Scortas

Le Tartuffe

Le vieux qui lisait des romans d'amour

L'Ecole des Femmes

L'Ecume Des Jours

Les Bonnes

Les Caprices de Marianne

Les cerfs-volants de Kaboul

Les contes de la Bécasse

Les dix petits nègres

Les femmes savantes

Les fourberies de Scapin

Les Justes

Les Lettres Persanes

Les liaisons dangereuses

Les Métamorphoses

Les Mouches

Les Trois mousquetaires

L'étrange cas du Dr Jekyll et de Mr Hyde

L'Ile Au Trésor

L'île des esclaves

L'illusion comique

L'Ingénu

L'Odyssée

L'Ombre du vent

Lorenzaccio

Madame Bovary

Manon Lescaut

Micromégas

Mon ami Frédéric

Mon bel oranger

Nana

Ne tirez pas sur l'oiseau moqueur

Notre-Dame de Paris

Oliver twist

On ne badine pas avec l'amour

Oscar et la dame rose

Pantagruel

Le Misanthrope

Perceval ou le conte du Graal

Phèdre

Ravage

Roméo et Juliette

Ruy Blas

Sa Majesté des Mouches

Si c'est un homme

Stupeur et tremblements

Supplément au voyage de Bougainville

Tanguy

Thérèse Desqueyroux

Thérèse Raquin

Ubu Roi

Un Barrage contre le Pacifique

Un long dimanche de fiançailles

Un secret

Vendredi ou la vie sauvage

Vipère au poing

Voyage au bout de la nuit

Voyage au centre de la terre

Yvain ou le Chevalier au lion

Zadig

À propos de la collection

La série FichesdeLecture.com offre des contenus éducatifs aux étudiants et aux professeurs tels que : des résumés, des analyses littéraires, des questionnaires et des commentaires sur la littérature moderne et classique. Nos documents sont prévus comme des compléments à la lecture des oeuvres originales et aide les étudiants à comprendre la littérature.

Fondé en 2001, notre site FichesdeLectures.com s'est développé très rapidement et propose désormais plus de 2500 documents directement téléchargeables en ligne, devenant ainsi le premier site d'analyses littéraires en ligne de langue française.

FichesdeLecture est partenaire du Ministère de l'Education du Luxembourg depuis 2009.

Plus d'informations sur www.fichesdelecture.com

ISBN: 978-2-511-02848-3

Notes :